小閱讀 大理解

初階篇 2
修訂版

故事創作 / 甄艷慈
題目編寫 / 新雅編輯室

新雅文化事業有限公司
www.sunya.com.hk

小閱讀大理解　初階篇 2（修訂版）

故事創作：甄艷慈
題目編寫：新雅編輯室
插　　圖：靜宜、伍中仁、美心、陳子沖
責任編輯：陳友娣
美術設計：陳雅琳
出　　版：新雅文化事業有限公司
　　　　　香港英皇道 499 號北角工業大廈 18 樓
　　　　　電話：(852) 2138 7998
　　　　　傳真：(852) 2597 4003
　　　　　網址：http://www.sunya.com.hk
　　　　　電郵：marketing@sunya.com.hk
發　　行：香港聯合書刊物流有限公司
　　　　　香港荃灣德士古道 220-248 號荃灣工業中心 16 樓
　　　　　電話：(852) 2150 2100
　　　　　傳真：(852) 2407 3062
　　　　　電郵：info@suplogistics.com.hk
印　　刷：中華商務彩色印刷有限公司
　　　　　香港新界大埔汀麗路 36 號
版　　次：二〇二〇年一月初版
　　　　　二〇二二年四月第三次印刷
版權所有·不准翻印

ISBN: 978-962-08-7417-8

給家長的話

讓孩子學懂**理解文意**，真正**愛上閱讀**！

現在有不少就讀幼稚園的小朋友已經具有一定的閱讀能力，能夠獨自或在家長的輔助下閱讀故事。不過，他們的閱讀可能流於表面，未必能充分理解故事的內容和含義。到他們由幼稚園升上小學之後，需要做到閱讀故事並能理解文意，這對某些孩子而言十分困難。

《小閱讀大理解》系列「初階篇」特別為幼稚園至剛升上小學的孩子而編寫，期望通過簡短有趣、富教育意義的小故事，輔以思考題，配合趣味遊戲及程度適中的閱讀理解練習，一步一步地引導孩子掌握及理解故事內容，同時強化他們的閱讀能力，為孩子築起從閱讀到理解的學習橋樑。

目錄

圖：陳子沖、伍中仁

兩個好朋友

　　小松鼠和小山羊是一對好朋友，小松鼠住在山頂上，小山羊住在山腳下。他們每天都一起上學，一起遊戲，日子過得十分開心。

　　一天傍晚，天氣很悶熱，小山羊正坐在院子裏乘涼。突然，他看到山頂上一片火紅，他大吃一驚：「哎喲，不好了，小松鼠家起火了，我要快快的去救他。」

思考點

為什麼小山羊這樣吃驚？
他看到了什麼？

小山羊提起一桶水，連忙向山上奔去。到了小松鼠家裏，只見小松鼠正悠閒地躺在搖椅上，一邊聽音樂，一邊吃松子仁。

小山羊急壞了，他大叫：「小松鼠，你家起火了，快去救火啊！」

小松鼠莫名其妙地說：「我家沒有起火啊！」

小山羊指着窗外說：「你看，那不是火光嗎？」

小松鼠順着小山羊的手往外一看，他笑了，說：「那不是火光，那是晚霞。如果天空出現晚霞，就表示第二天是大晴天。」

小山羊不好意思地笑了：「原來是這樣，我是不是一個大傻瓜？」

「不，不，不，你是一個很關心別人的好朋友。」小松鼠用力地擁着小山羊，兩個好朋友呵呵地笑起來了。

如果你是小松鼠，你會怎樣回應小山羊呢？為什麼？

遊戲時間

故事排一排

小朋友，請根據故事內容，把代表下面圖畫的英文字母，按情節發生的順序填在 ☐ 內。

A. 雖然小山羊鬧出笑話，但小松鼠仍稱讚他是關心別人的好朋友。

B. 小松鼠向小山羊解釋，窗外看到的不是火光，而是晚霞。

C. 小山羊看到山頂上一片火紅，以為小松鼠的家失火了。

D. 小山羊趕到小松鼠的家幫忙救火。

☐ → ☐ → ☐ → ☐

10

小朋友，請根據故事內容回答下面的問題。

1. 根據**第6頁**，小山羊和小松鼠分別住在哪裏？

小山羊住在_____，小松鼠住在_____。

2. 下面哪一項符合**第7頁**的內容？

○ A. 小山羊悠閒地走上山去。

○ B. 小山羊在家裏吃松子仁。

○ C. 小松鼠正在家裏聽音樂。

○ D. 小松鼠提着水桶去救火。

3. 為什麼天空會變成火紅色？

○ A. 因為太陽出來了。

○ B. 因為天空出現晚霞。

○ C. 因為那裏有東西着火了。

○ D. 因為小松鼠的家失火了。

4. 根據**第9頁**，小松鼠對小山羊有什麼看法？

他認為小山羊

○ A. 很關心別人。　　○ B. 是個大傻瓜。

○ C. 很喜歡傻笑。　　○ D. 很喜歡擁抱。

圖：伍中仁

小雞格格

　　秋天到了，河邊開滿了小黃花，小雞格格去河邊摘黃花。突然，她見到大雁媽媽一家在搬家。「大雁媽媽，你們要搬到哪兒去啊？」小雞格格問。

　　「冬天快到了，天氣寒冷，我們要搬到南方去過冬。」大雁媽媽回答説。

？思考點？

為什麼大雁媽媽要搬家？

小雞格格聽了
急急忙忙跑回家：
「媽媽，媽媽，冬
天快到了，天氣寒
冷，我們要和大雁
媽媽他們一樣，搬
到南方去過冬。」
　　雞媽媽笑了：
「乖寶寶，我們不
用到南方去過冬。
冬天我們的家仍然
很暖和。」

秋天到了，小山坡鋪滿了黃色的樹葉，小雞格格去山坡拾樹葉。突然，她見到小松鼠在拾松果。「松鼠哥哥，你為什麼要拾這麼多松果啊？」小雞格格問。

「冬天快到了，天氣寒冷，我們要儲藏食物來過冬。」松鼠哥哥回答說。

思考點

為什麼松鼠哥哥要儲藏食物？

14

小雞格格聽了急急忙忙跑回家：「媽媽，媽媽，冬天快到了，天氣寒冷，我們要儲藏食物來過冬。」

雞媽媽笑了：「乖寶寶，我們不用儲藏食物來過冬。冬天我們仍然可以外出找食物。」

雞媽媽摟着小雞格格呵呵笑：「寶寶、寶寶快長大，多學知識本領高。」

小雞格格咯咯笑：「媽媽、媽媽我知道，我會多學知識長本領。」

故事排一排

小朋友，請根據故事內容，把代表下面圖畫的英文字母，按情節發生的順序填在 ☐ 內。

A. 小雞格格跟雞媽媽說要儲藏食物來過冬，雞媽媽也說不需要。

B. 小雞格格知道松鼠哥哥要儲藏食物來過冬。

C. 小雞格格跟雞媽媽說要搬到南方過冬，雞媽媽說不需要。

D. 小雞格格知道大雁媽媽一家將會搬到南方去過冬。

小朋友，請根據故事內容回答下面的問題。

1. 冬天快到了，大雁媽媽一家要去哪裏過冬？

   大雁媽媽一家要去＿＿＿＿＿＿＿＿過冬，那裏較溫暖。

2. 根據**第13頁**，為什麼小雞格格不用搬去南方過冬？

   ○ A. 因為這一年的冬天很暖和。
   ○ B. 因為小雞格格的家很暖和。
   ○ C. 因為小雞格格不懂去南方。
   ○ D. 因為雞媽媽不想搬去南方。

3. 根據**第15頁**，雞媽媽和小雞格格可以怎樣過冬？

   ○ A. 外出找食物。
   ○ B. 預先儲藏松果。
   ○ C. 搬到溫暖的河邊。
   ○ D. 收集小黃花和落葉。

4. 下面哪一項符合文章的內容？

   ○ A. 寒冷的冬天已經來到了。
   ○ B. 大雁媽媽剛搬到小河邊。
   ○ C. 松鼠哥哥在山坡拾松果。
   ○ D. 雞媽媽等小雞長大了才搬家。

小豬吉吉的樹葉

圖：伍中仁

秋天到了，一陣陣涼風吹來，黃綠色的樹葉一片片落到了地上，小豬吉吉見到了，說：「好漂亮的葉子啊，我要把它們帶回家做一個漂亮的樹葉球。」吉吉撿啊撿啊，撿了一籃子的樹葉，他高高興興地回家去了。

吉吉走到小河邊，見到螞蟻媽媽帶着她的孩子正站在河邊發愁，於是他走上前去問：「螞蟻媽媽，你為什麼歎氣呀？」

　　螞蟻媽媽說：「昨晚吹大風，把我們的小船吹走了，我們過不了河。」

　　吉吉說：「原來是這樣。螞蟻媽媽不要急，我送塊樹葉給你當船用，過河不用愁。」

思考點

螞蟻媽媽原本是用什麼方法過河的？

吉吉走到水塘邊，見到青蛙媽媽在發愁，於是他走上前去問：「青蛙媽媽，你為什麼歎氣呀？」

　　青蛙媽媽說：「秋風起，天氣涼，我的孩子還沒有被子過冬呢！」

　　吉吉說：「原來是這樣。青蛙媽媽不要愁，我送塊樹葉給你的孩子當被蓋，天氣涼了也不怕。」

吉吉走到草叢邊，見到瓢蟲媽媽在發愁，於是他走上前去問：「瓢蟲媽媽，你為什麼歎氣呀？」

瓢蟲媽媽說：「昨晚我的小寶寶出世了，但是我沒錢給寶寶買搖籃。」

吉吉說：「原來是這樣。瓢蟲媽媽不用愁，我送塊樹葉給你的寶寶做搖籃，寶寶躺在上面好舒服。」

吉吉回到家裏，把剩下的樹葉做成了一個大大的樹葉球，然後又送給了瓢蟲媽媽：「這是給瓢蟲寶寶的玩具。」瓢蟲寶寶對着吉吉開心地笑了。

？思考點？

吉吉怎樣用樹葉幫助瓢蟲媽媽？

對話寫一寫

小朋友，假如你是故事中的小豬吉吉，你會怎樣做呢？試發揮創意，創作一個屬於你的故事，在 ⬭ 內寫下你的對話。

1.

2.

3.

4.

小朋友，請根據故事內容回答下面的問題。

1. 根據**第18頁**，吉吉原本打算用樹葉來做什麼？

○ A. 小船。

○ B. 被子。

○ C. 搖籃。

○ D. 樹葉球。

2. 下面的描述符合故事內容嗎？正確的，請在 ☐ 內加✔；
不正確的，加✘。

(1) 螞蟻寶寶需要搖籃。 ☐

(2) 青蛙寶寶需要被子。 ☐

(3) 瓢蟲寶寶需要小船。 ☐

3. 吉吉送給瓢蟲媽媽的禮物有什麼用處？

吉吉送給瓢蟲媽媽的禮物可以用來做_____和_____。

4. 下面哪一項**不適合**用來形容吉吉？

○ A. 善良。　　○ B. 聰明。

○ C. 勇敢。　　○ D. 熱心。

聰明的古古

小雞古古、小狗汪汪、小鴨德德和小羊飛飛在樹林裏玩「兵捉賊」遊戲。

這一回，輪到古古扮兵，汪汪、德德和飛飛扮賊了。古古老老實實地捂着眼睛，口裏叫着：「一，二，三，藏好了嗎？」

汪汪飛快地跑到一堆大石頭後躲起來，說：「我藏好了。」

飛飛靈巧地鑽進草叢中，用草把自己遮掩起來，說：「我也藏好了。」

只有德德還在團團轉地找躲藏的地方，「哎，哎，哎，我還未藏好啊，等一等。」德德心裏一急，不小心掉進大樹旁邊的洞裏去了。

「哎喲，快點救救我啊，我掉進洞裏去啦！」德德在洞裏拚命大叫。

思考點

德德出了什麼意外？

　　古古、汪汪和飛飛一聽，趕忙跑到洞口，只見德德在裏面拚命地往上爬，但是洞壁太陡了，德德爬不上來，怎麼辦好呢？

　　古古眼珠一轉，想到好辦法了，「快快快，我們提幾桶水來倒進洞裏，德德就會浮上來了。」

　　三位好朋友連忙提來了一桶一桶的水倒進洞裏去，德德真的浮上來了。

汪汪說：「多虧古古想出了一個好辦法，把德德救了上來。」

德德一邊抖落身上的水珠，一邊說：「謝謝你們啊！」

飛飛說：「這裏太危險了，萬一又有小朋友掉下去怎麼辦呢？」

古古說：「我們一起用泥土把洞填平，不就行了嗎？」

於是，他們四位好朋友把洞填平了，小朋友再玩「兵捉賊」遊戲就不用害怕啦！

？思考點？

古古他們如何避免再有小朋友掉進洞裏去？

結局畫一畫

小朋友，試發揮你的創意，在空格裏為下面的故事畫出結局。

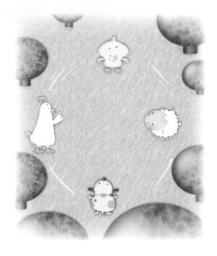

1. 古古、汪汪、德德和飛飛在樹林裏玩「兵捉賊」遊戲。

2. 德德在找地方躲藏時，不小心掉進洞裏去。

3. 大家一起想辦法，希望能把德德救出來。

 練習時間

小朋友,請根據故事內容回答下面的問題。

1. 根據**第24頁**,在「兵捉賊」遊戲中,誰扮兵?誰扮賊?把他們的名字填在適當的方框裏。

兵

賊　例 汪汪

2. 為什麼德德不能從洞裏爬上來?

○ A. 因為洞口太窄了。

○ B. 因為洞壁太陡了。

○ C. 因為德德沒有力氣了。

○ D. 因為德德的朋友找不到他。

3. 根據**第26至27頁**,聰明的古古想到哪些「好辦法」?正確的,在 ⬜ 內加✔;不正確的,加✘。

(1) 把水倒進洞裏,讓德德浮上來。　⬜

(2) 幾個好朋友合力把德德拉上來。　⬜

(3) 用泥土把洞填平,避免再有人掉下去。　⬜

珍珠河又閃光了

從前，有一條水流很清澈的小河，太陽照在水面上，就會發出閃閃亮的光，好像鋪滿了一顆顆的珍珠，因此，人們把它叫做「珍珠河」。

河邊住了四個好朋友：海狸威威、松鼠貝貝、刺蝟彬彬和小熊飛飛。他們每天都在一起唱歌，玩遊戲，日子過得很快樂。

？思考點？

為什麼人們會把小河叫做「珍珠河」？

可是，有一天，威威說：「明天我想搬家了。」

三個小伙伴大吃一驚，連忙問：「為什麼呀？你不想和我們做朋友了嗎？」

威威搖搖頭，說：「當然不是啦！因為人們往河裏亂丟垃圾，河水變得又濁又臭，我想搬到一個沒有臭味的地方。」

貝貝說：「我明白了，是呀，那臭味我也無法忍受呢，你們看，現在珍珠河不再閃光了。」

31

　　這一天，四個小伙伴都悶悶不樂。突然，飛飛大叫起來：「我有辦法了，如果我們把河裏的垃圾打撈乾淨，河水就不會臭了。」

　　彬彬說：「對，這樣威威就不用搬家了。」

　　「好，好，我還有個主意，我們要在河邊豎一些牌子，提醒人們不要亂丟垃圾。」貝貝接着說。

　　「我們快快動手吧！」威威心急地說。

思考點

為什麼四個小伙伴會悶悶不樂？

　　於是，威威和彬彬打撈垃圾，貝貝和飛飛在河邊插告示牌。

　　幾天後，河水又回復原來的樣子，珍珠河又再閃閃發光了，四個小伙伴手拉手，快樂地在河邊唱起歌來。小朋友，你聽，他們在唱：「保護大自然，人人有責任。愛護大自然，你會做得到！」

故事排一排

　　小朋友，請根據故事內容，把代表下面圖畫的英文字母，按情節發生的順序填在 ☐ 內。

A. 威威、貝貝、彬彬和飛飛同住在河邊。有一天，威威說他想搬家。

B. 大家合力把小河清潔乾淨，還插上告示牌，提醒人們不要亂丟垃圾。

C. 大家一起想辦法，希望能令河水不再臭。

D. 原來是河水太髒太臭了，威威想搬到沒有臭味的地方。

小朋友，請根據故事內容回答下面的問題。

1. 下面哪一項**不符合**對珍珠河的描述？

　　○ A. 威威、貝貝、彬彬、飛飛都住在河邊。

　　○ B. 珍珠河的河水在陽光照射下閃閃發亮。

　　○ C. 珍珠河沒有了珍珠，所以不再閃光了。

　　○ D. 人們把垃圾丟進珍珠河，使河水變髒。

2. 根據**第31頁**，為什麼威威想搬家？

　　因為珍珠河裏有很多垃圾，河水變得又髒又＿＿＿＿＿＿，

　　威威想搬到一個沒有＿＿＿＿＿＿的地方。

3. 四個小伙伴怎樣幫珍珠河回復原來的樣子？

　　○ A. 在河邊安裝欄杆。

　　○ B. 打撈河裏的垃圾。

　　○ C. 手拉手在河邊唱歌。

　　○ D. 提醒人們不要走近珍珠河。

4. 想一想，你會在告示牌上寫什麼提醒人們愛護環境呢？

愛心蹺蹺板

　　小松鼠樂樂和弟弟迪迪在公園玩蹺蹺板。「一二三，蹺板起。四五六，蹺板落。」樂樂和迪迪開心地一邊唱歌一邊玩。

　　突然，「咔嚓」一聲，蹺蹺板斷了，迪迪大聲哭了
起來。

　　樂樂安慰他説：「不要哭，我們去溜滑梯吧！」

　　「不要，不要，我只想玩蹺蹺板。」迪迪大聲地哭
着，他不肯玩別的遊戲。

「誰哭得這麼傷心啊？」正在涼亭裏看書的鱷魚叔叔走了過來。

樂樂不好意思地說：「我和弟弟在玩蹺蹺板，但不知為什麼蹺蹺板突然斷了，我弟弟不肯玩別的遊戲，便哭了起來。對不起，鱷魚叔叔，影響您看書了。」

鱷魚叔叔摸摸樂樂的頭說：「樂樂，你真是一個有禮貌的好孩子。讓叔叔想想怎麼可以幫助你們吧。」

? 思考點 ?

鱷魚叔叔為什麼稱讚樂樂是有禮貌的好孩子？

「啊，有了。」鱷魚叔叔拍拍肚皮說，「我不就是很好的蹺蹺板玩具嘛！來來來，我臥下來，你們一邊坐一個就可以繼續玩蹺蹺板了。」

於是，鱷魚叔叔臥下來做成了一道蹺蹺板，迪迪和樂樂高興地坐了上去，他們一邊玩，一邊唱：「鱷魚叔叔有愛心，做成蹺蹺板給我玩。」

鱷魚叔叔也笑瞇瞇地唱道：「樂樂迪迪好兄弟，互相友愛有愛心。鱷魚叔叔願幫忙，一齊遊戲真開心。」

思考點

你覺得鱷魚叔叔的方法好嗎？為什麼？

結局畫一畫

小朋友，試發揮你的創意，在空格裏為下面的故事畫出結局。

1. 樂樂和迪迪在玩蹺蹺板時，蹺蹺板折斷了！

2. 迪迪放聲大哭，他只想玩蹺蹺板，不想玩別的遊戲。

3. 鱷魚叔叔知道了，他想到一個好主意幫助樂樂和迪迪。

練習時間

小朋友，請根據故事內容回答下面的問題。

1. 迪迪大聲哭了起來，原因是

⟡ A. 他不想玩蹺蹺板。

⟡ B. 他沒有蹺蹺板玩。

⟡ C. 他不敢玩溜滑梯。

⟡ D. 樂樂不讓他玩溜滑梯。

2. 樂樂如何安慰迪迪？

⟡ A. 他建議把蹺蹺板修理好。

⟡ B. 他邀請鱷魚叔叔來幫忙。

⟡ C. 他提議和迪迪去溜滑梯。

⟡ D. 他帶迪迪去別的公園玩。

3. 根據**第39頁**，鱷魚叔叔怎樣幫助樂樂和迪迪？

⟡ A. 他們三個一起修理蹺蹺板。

⟡ B. 他拿工具來修理好蹺蹺板。

⟡ C. 他帶樂樂和迪迪去溜滑梯。

⟡ D. 他把自己當作蹺蹺板給他們玩。

4. 鱷魚叔叔是一個怎樣的人？

鱷魚叔叔是一個有＿＿＿＿＿＿＿＿的人。

香蕉彎彎像什麼？

　　牛伯伯在院子裏種了許多香蕉，每當香蕉成熟時，牛伯伯就會請小螞蟻、小松鼠和小猴子他們一起來吃香蕉大餐，還一邊玩遊戲，一邊吃香蕉呢！

　　今天，他們玩的遊戲是：說說看，香蕉彎彎像什麼？

　　小螞蟻第一個舉手搶着說：「我覺得香蕉彎彎像小船。有一次，我用香蕉做成一條小船，就像捕魚的小船一樣，兩邊都翹翹的。我坐着小船去探望外婆，外婆見到了，讚我真聰明。」

牛伯伯聽了笑呵呵，說：「小螞蟻說得好，這根香蕉獎給你。」

小松鼠站起來說：「我覺得香蕉彎彎像月亮。有一次，我妹妹病了，怎麼也不肯睡覺，哭着說一定要看月亮。於是我把香蕉掛在小樹枝上，彎彎的香蕉就像彎彎的小月芽，妹妹見到了，就甜甜地睡着了，媽媽誇我是個好孩子。」

? 思考點 ?

小松鼠為什麼能得到媽媽的誇獎？

　　牛伯伯聽了呵呵笑，說：「小松鼠說得好，這根香蕉獎給你。」

　　小猴子摸摸頭說：「輪到我說了。我覺得香蕉彎彎像彩虹，如果我們把香蕉斜斜地擺放起來，你們看一看，這一掛香蕉像不像彩虹？」

　　小螞蟻和小松鼠跳起來，側起頭來看，一齊拍手說：「像啊，像啊，彎彎的香蕉像彩虹。」

牛伯伯聽了哈哈笑，把所有的香蕉都拿出來，說：「你們三個都說得好，我們一齊來吃香蕉吧！」

小朋友，你也說一說，香蕉彎彎像什麼？

？思考點？

牛伯伯滿意他們的答案嗎？你怎樣知道？

結局畫一畫

小朋友，試發揮你的創意，在空格裏為下面的故事畫出結局。

1. 小螞蟻説，他覺得香蕉彎彎像小船。

2. 小松鼠接着説，他覺得香蕉彎彎像月亮。

3. 小猴子也説出他的看法，他覺得香蕉彎彎像彩虹。

練習時間

小朋友，請根據故事內容回答下面的問題。

1. 牛伯伯、小螞蟻、小松鼠和小猴子在玩什麼遊戲？

　　○ A. 比較誰最有想像力。　○ B. 說說香蕉彎彎像什麼。
　　○ C. 比賽誰吃最多香蕉。　○ D. 說說自己的驚險經歷。

2. 小螞蟻坐着去外婆家的小船有什麼特點？

　　小螞蟻坐着去外婆家的小船是用＿＿＿＿＿＿做的，兩邊都翹翹的。

3. 小螞蟻、小松鼠和小猴子覺得香蕉彎彎像什麼？

	香蕉彎彎像什麼？
小螞蟻	(1) ＿＿＿＿＿＿＿＿＿＿
小松鼠	(2) ＿＿＿＿＿＿＿＿＿＿
小猴子	(3) ＿＿＿＿＿＿＿＿＿＿

4. 根據**第45頁**，牛伯伯把所有香蕉都拿出來，原因是

　　○ A. 小猴子的說法最有趣，要送香蕉給他當獎勵。
　　○ B. 今年院子裏的香蕉大豐收，所以想跟大家分享。
　　○ C. 大家都說了今年的願望，他想幫大家實現願望。
　　○ D. 他認為大家都說得很好，獎勵大家多吃些香蕉。

參考答案

P.10
C → D → B → A

P.11
1. 山腳下；山頂上
2. C
3. B
4. A

P.16
D → C → B → A

P.17
1. 南方
2. B
3. A
4. C

P.22
自由作答。

P.23
1. D
2. (1) ✗ (2) ✔ (3) ✗
3. 搖籃；玩具
4. C

P.28
自由作答。

P.29
1. 兵：古古；賊：德德、飛飛
2. B
3. (1) ✔ (2) ✗ (3) ✔

P.34
A → D → C → B

P.35
1. C
2. 臭；臭味
3. B
4. 自由作答。

P.40
自由作答。

P.41
1. B
2. C
3. D
4. 愛心

P.46
自由作答。

P.47
1. B
2. 香蕉
3. (1) 小船 (2) 月亮 (3) 彩虹
4. D